Louis Perceau

LA REDOUTE DES CONTREPÉTERIES

Copyright pour le texte et la couverture © 2023 Culturea
Edition : Culturea (culurea.fr), 34 Hérault
Contact : infos@culturea.fr
Impression : BOD, Norderstedt (Allemagne)
ISBN : 9791041837489
Date de publication : juillet 2023
Mise en page et maquettage : https://reedsy.com/
Cet ouvrage a été composé avec la police Bauer Bodoni
Tous droits réservés pour tous pays.

LA REDOUTE

DES

CONTREPÉTERIES

POURQUOI CE TITRE ?

Une « Redoute » *est un petit ouvrage fortifié qu'il faut prendre d'assaut pour s'en rendre maître. Nos contrepéteries ne sont-elles pas retranchées dans leur honnête et anodine rédaction ?*

Une redoute est aussi un bal masqué. À vous, chers lecteurs, d'arracher les masques.

INITIATION

À

LA CONTREPÉTERIE

Encore que Rabelais passe pour l'inventeur de la chose, ce n'est cependant pas à lui que l'on en doit le nom. Dans les deux passages du *Pantagruel* où il fournit des exemples devenus célèbres de contrepéteries, il les nomme *antistrophes*, ou *équivoques*.

Il faut attendre Estienne Tabourot et ses *Bigarrures* pour voir surgir dans un texte imprimé ce nom de *contrepéteries*, emprunté au « jargon des bons compagnons ».

Mais pourquoi ne pas citer tout de suite le chapitre de Tabourot ? Nous y trouverons une ample dissertation sur le mot et la chose, laquelle nous dispensera de toute glose.

Voici donc ce qu'on lit dans *les Bigarrures et Touches du Seigneur des Accords*, au chapitre VIII :

Des Antistrophes ou Contrepéteries.

Encor qu'aucuns ayent estimé que ces Antistrophes soient Équivoques, si l'on considere la definition de l'un et de l'autre. Car Antistrophe est proprement, une alternative conversion de mots, que les Latins ont appelé *verborum inversiones :* dont avec les Grecs ils ont pris l'étymologie de plusieurs noms…

Comme qui diroit en français *Reunir*, quasi *Ruiner*…

Et combien que telle inversion d'une lettre seulement puisse aussi bien estre au rang des Anagrammes, si l'ay-je icy rapportée pour exemple semblable au Latin : D'autant mesmement que si l'on vouloit prendre toutes transpositions de lettres pour Anagrammes, les Antistrophes et la plupart des Équivoques y seroient reduits. J'en ay donc fait des Chapitres separez, et mesme de ces Antistrophes que les Poëtes Lyriques Grecs prenoient anciennement, pour signifier le retour de leurs dances, exprimé en leurs vers, entre Strophe et Epode, c'est-à-dire Tour et Pause : à l'imitation desquels Ronsard le premier a basty des Odes à la Françoise. Or, revenant à notre propos, de cette inversion de mots, nos peres ont trouvé une ingénieuse et subtile invention, que les Courtisans anciennement appelloient des Equivoques, ne voulant user du mot et jargon des bons compagnons, qui les appelloient des Contrepeteries. Et n'entendans aussi ce mot Antistrophe, qu'ils estimoient estre le langage inventé de quelque Lifrelofre. Ç'a esté le gentil, sçavant et gracieux Rabelais qui les a le premier baptisé de ce propre nom Grec, encor que les Latins l'ayent ordinairement usurpé pour la transposition de leurs noms : comme *Petri liber* au lieu de *Liber Petri*, pource que ailleurs sinon pour leurs etymologies, ils n'ont point usé de ces inversions. L'invention desquelles consiste à trouver deux mots, les premières lettres desquels échangées, leur donnent une diverse signification, puis tu jugeras facilement s'il s'y trouvera un bon sens. L'exemple t'instruira aysement. Comme de *gaster* ostez G, et mettez un T, il y aura *taster ;* puis *grace*, changez G en un autre T, il y aura *trace*. Ainsi que sont ces suivants, que tu ne prendras qu'à lechedoigts .

Taster la grace. – Gaster la trace.

Un sot pale. – un pot sale.

Muer une touche. – Tuer une mouche.

Un chapeau de roses. – Un rapeau de choses.

Elle fit son pris. – Elle prit son fils.

Il tiendra une vache. – Il viendra une tache.

Mon cœur. – C… meur.

Baillez le flanc. – Faillez le blanc.

Et autres infinis, qu'on peut faire à discrétion, desquels j'ay pour plaisir recueil-ly ces contes suivants, entre lesquels, selon les vers Martialistes,

Sunt bona, sunt quœdam mediocria, sunt mala plura.

Ces deux suivans sont extraits de l'histoire véridique du Grand Pantagruel :

Femme folle à la messe…

A Beaumont le vicomte…

Il ne se faut pas scandaliser s'ils sont un peu naturalistes, car je ne sçay comme il avient que ordinairement et plus volontiers on se ruë plus sur cette matière que sur une autre, et y rencontre-t-on plus plaisamment. Comme :

En faisant boutons. – En baisant, etc.

O que ces fagots coustent…

Un lieur de chardons est mort à Falaize…

Onc peureux ne fit beau fait, disait un preneur de barils.

Onc foireux ne fit beau pet, disait un breneux de Paris.

On dit que quand les dames de la Cour commencerent à porter des hauts de chausses, elles firent une convocation generale, pour sçavoir comme elles le nom-meroient, à la difference de celles des hommes. Enfin, du consentement de toutes, elles furent surnommées de ce nom *Caleson*, quasi…, et depuis, quand elles furent bien usées et qu'on les donna aux laquais, on les appella *lasse…*

C'est de longtemps, une *table qui frotte*, ou une *fable qui trotte*, qu'un Curé de bonne paste disoit un jour en son Sermon, que le monde estoit tout corrompu, car les jeunes hommes s'attachoient aux *bons Cordeliers*, et que quasi *toutes les jeunes filles de sa paroisse doutaient de leur foy...*

Quelqu'un qui voyoit un grand débauché, auquel le pere vouloit faire voir du pays, à cause qu'il s'estoit amouraché, conseilloit à ce père de le marier, et non pas de l'envoyer au loin faire de superfluës dépences. Car il n'y avoit rien pour le mieux tenir en bride qu'une femme. Et rencontra soudain cet Antistrophe :

En le variant on se mange. – En le mariant on se vange.

Celuy n'avoit pas mauvaise grace, qui invitoit le Samedy au soir son voisin à souper, avec promesses de luy donner *de quatre portes de Soissons, de la tapisserie, et d'un petit porceau de main* ; c'estoit à dire, *de quatre sortes de poissons, de la patisserie, d'un petit morceau de pain.*

Il y avait une certaine hostelliere des Faucons, qui par mots couverts estoit la maquerelle de ses hostes qu'elle voyoit *Crians du fon, friands du C.* Car les allant visiter en leur chambre avec une jeune servante, pendant qu'elle envoyoit au loin le serviteur *ferir un cagot, querir un fagot*, elle leur disoit, monstrant cette fille : Monsieur, *goustez cette farce...* Quoy dit, elle les laissoit seuls. S'ils entendoient le jargon, et estoient en appetit, je m'en rapporte, mais garde *le mouton qui est en botte...*

Capitan Spercula disait, pour vanter ses actes genereux : *J'ay veu que je soulois deffendre à la breche tout mouillé*, au lieu qu'il devoit dire : *J'ay veu que je foulois des cendres à la mèche tout brouillé.*

Un autre furieux soldat disoit qu'il avoit *Veu un coq sur une rave bersée d'un poulet*, au lieu de dire : *Un roc sur une cave persé d'un boulet.*

J'ay ouy dire toutesfois de ces Ministres ensouphrez, qui portoient des herbes encharboutes :

Un sinistre masle a un pigne sale.

Un ministre sale a un signe pale.

Quelqu'un disoit un jour à un jeune debauché, qui suivoit un écornifleur, lequel l'invitoit à boire, luy disoit tous jours : Monsieur, *tendez vostre verre*. – Si vous continuez vostre vie, celuy qui vous dit : *Tendez vostre verre*, vous dira en fin : *Vendez vostre terre.*

Un autre, voyant passer un maquereau, pour le depeindre, disoit ainsi :

Ce nez long a fendu une villette, et a pris le bon à la course, pour dire :

Ce Lenon a vendu une fillette, et a pris le... à la bourse.

En un banquet, auquel y avoit une Nonain qui beuvoit d'autant, et pres d'elle un nain qui se depechoit de mâcher, un bon compagnon rencontra ainsi : *Voyez la bonne noire, et un pain de bonne nature* ; c'est-à-dire : *Voyez la nonne boire, et un nain de bonne pasture.*

Et l'autre qui voyoit manger une brunette, répondit : *Je voy naistre une poire*, pour dire : *Je voy paistre une noire.*

Le seigneur de Pinceval, faisant les louanges de sa rude maistresse, laquelle avoit la courante, pour avoir trop mangé de fruit, au lieu qu'il disoit seulement : *Quand je prise les brunes, la noire mefuyt* pouvoit aussi dire : *Quand...*

Une vieille redarguant un jeune muguet d'avoir vessé trop ardemment, au lieu de s'excuser du proverbe ordinaire : *Qui premier la sent du cul luy descend*, il dit : Ma commere, c'est une *vesse fenée* qui sort de *fesse venée* comme la vostre.

Un colere qui se plaisoit et baignoit en ses inimitiez, disait qu'il *avoit mâché plusieurs fois, d'estre fâché plusieurs mois.*

Sa cousine Pisangrive disoit qu'on n'avoit garde de la trouver *morte de faim*, tant qu'elle seroit *forte de main*.

Les Espagnols disent ce proverbe commun : *Hay favores, otra dia va fores.* C'est-à-dire : Aujourd'huy faveur, demain dehors. Voilà une belle contrepeterie, digne d'estre gravée au cœur de nos Courtisans, qui deux jours apres qu'ils sont defavorisez, par leurs sottises et peu de respect, ne parlent que de *contemptu mundi*, et de la beatitude de ceux qui prient Dieu à repos en leur maison : *Sed premit alto corde dolorem* le paillart.

En un banquet où j'estois, et notez que l'auteur en tasta (plus agreablement que ne fit Philippes de Comines de la cage de fer) l'on dit à quelqu'un, qui servoit d'un lapin et oublioit le plus gros et puissant Seigneur de la compagnie : *Qu'il taille branche de bon sapin à Monsieur qui est pressé par la dance.* On estimait que ce fust un jargon, mais il fut soudain ainsi reduit : *Qu'il baille une tranche de son lapin à Monsieur, qui est dressé par la pance.*

L'on m'a dit que l'harangueur de la ville de Langres, portant un propos, qu'il recitoit *ex scripto*, devant Monsieur le Chancelier, au lieu de dire : *C'est un moyen deu par les Langrois*, il rencontra sans y penser, à la risée d'un chacun : *C'est un Doyen meu par les grands loix.*

J'ay ouy dire à maistre Jacques Plafond qu'il avoit veu en plein audience à Paris, l'an 1568, un Advocat bien eschauffé en plaidant, qui dit tout haut : Monsieur le President, ma partie n'a pas *bien fris le pet*, pour dire : *bien pris le fait.* En quoy l'Antistrophe n'est pas bien propre, selon l'escriture, mais suivant la prolation elle passe. Comme ces suivans, qui ne laissent pourtant d'estre bons :

Un qui voyait une belle fille degorgetée, disoit : *Le bout de son colet est à bien dire estroit*, pour dire : *Le coup de son boulet est à bien tirer droit.*

Nota : qu'on change à la fin un *d* en *t* sans contrepeter.

On dit aussi que pour trespassez, il faut des *prestres assez*, au lieu de *prest assez*, qui sonne bien à l'oreille.

Une femme voyant un gausseur, qui ne faisoit que plaisanter et avait bruit de ne pouvoir brodequiner, luy dit : Vous avez la mine d'estre entre *mille follastre* et entre *filles mollastre*. Dont se voulant revancher il luy dit qu'elle estoit *feinte en ses pleurs* et *peinte en ses fleurs*, qui la foisoit ainsi grigne. Mais cela n'auroit guères de grace.

Comme deux jeunes filles s'approchoient fort près des fonds baptismaux, pour voir baptiser un enfant, certain bon compagnon leur dit, pour les faire retirer : *Belles quilles frottées, vous frottez les...*, au lieu de dire : *Belles filles crottées, vous crottez les fons*.

A l'entrée du Roy Charles IX en certaine ville où l'on faisoit dresser des arcs triomphans, la charge en fut donnée à un Alchimiste, sçavant et ingenieux, qui, voyant un pauvre homme qui s'en mêloit, il luy dit par dédain : *Ce passé de... ira tondre les festons*, à quoy il répliqua : *Ce cassé de poüilles*, c'est-à-dire *poux* en Bourgogne, *ira fondre les testons*.

L'on dit des avaricieux goutteux qu'un *goutteux* est *tout gueux*.

A un malade en sa saison, il faut salade en sa maison, etc.

Je viendray aux jeux sans vilainie, que jouent les Damoiselles avec les jeunes hommes, esquels elles entremeslent des rencontres, pour faire de plaisans sole-cismes. Comme quand elles disent : *Messire Jean prestez moy vostre grivan, vostre vangri*, quatre ou cinq fois de suitte, c'est enfin pour tomber sur *vostre grand..., ... grand*. Ce que disent quelquefois aucuns, sans y mal penser. Helas ! les pauvrettes, qu'en feroient-elles ?

On dit aussi : *Il y a trois gentils-hommes à la porte, qui bonnes nouvelles apportent. L'un a nom Messire Guy, qui le petit foncouti. L'autre Messire Guyonnet, qui le petit coutifonnet.* L'autre *Messire Guyon qui le petit coutifon.*

Je vous vend le prestre verd, qui dit sa Messe verde, sur un autel verd, couvert de verd, qui dit en son joly chant verd : Paissez moy de Messe verde, je vous paisse Messe verderay.

Item celuy-cy : *Je vous vends le pon du coy, le coy du pon.* Je vous laisse à penser si, quand on a bien des fois répété ces petits mots, il ne faut pas à la fin venir aux gros.

Il y a autres infinis jeux Damoiselets, de cette sorte. Si vous les voulez plus naïfvement sçavoir, addressez vous aux mieux goderonnées et attintelées filles, de l'âge d'entre seize et vingt ans. Car on m'a asseuré que je n'y entends rien envers elles, et qu'elles le sçavent trop mieux faire que moy.

*
* *

Une première observation s'impose, à la lecture du Seigneur des Accords. Presque toutes les contrepéteries qu'il mentionne portent sur la mutation de deux consonnes placées en tête de deux mots. Ce sont donc, non seulement les meilleures, mais encore les seules véritables contrepéteries.

Nous avons là une définition rigoureuse de la contrepéterie *classique.* Nous proposerons seulement d'élargir un peu cette définition, suivant en cela l'exemple même de Rabelais.

Nous dirons donc :

Une contrepéterie classique est une contrepéterie qui porte exclusivement sur la mutation de consonnes placées, soit au début, soit à l'intérieur des mots.

On s'apercevra, en consultant notre répertoire, que le plus grand nombre des contrepéteries recueillies sont classiques. Et aussi – ce qui est un argument décisif dans ce nouveau conflit des anciens et des modernes – que les contrepéteries classiques comptent une proportion très grande de bonnes contrepéteries, alors que ces dernières sont plutôt l'exception dans les contrepéteries décadentes.

*

* *

Nous appellerons contrepéteries *décadentes*, si vous le voulez bien, – celles qui portent sur des voyelles, des diphtongues, des syllabes, des fractions de mots ou des mots entiers.

Mais ces deux catégories – classique et décadente – ne sauraient encore abriter toutes les contrepéteries connues. D'où la nécessité de deux autres catégories.

D'abord, celle des contrepéteries *mixtes*, qui participent par moitié aux deux genres principaux.

Et enfin, celle des contrepéteries *défectueuses*, dont certaines, cependant, ne laissent point d'être bonnes.

*

* *

Maintenant que sont définies les quatre catégories de contrepéteries, il nous reste à aborder les subdivisions que chacune d'elles peut contenir. C'est le but du tableau d'ensemble que voici.

A. – CONTREPÉTERIES CLASSIQUES

I. – DEUX CONSONNES SIMPLES AU DÉBUT DES MOTS

C'est la contrepéterie la plus parfaite. Le Seigneur des Accords en a donné trop d'exemples pour qu'il soit besoin d'insister. À remarquer seulement que par consonnes *simples*, il faut entendre parfois certaines consonnes *accompagnées d'une voyelle*, ou certaines consonnes *doubles*, mais *seulement lorsque le son de l'une ou de l'autre est analogue à celui d'une consonne simple*.

Voici quelques exemples : Les lettres *qu*, qui donnent le son *c* ou *k*, comptent parmi les consonnes simples. De même, les deux *ss* accouplées, etc.

Remarquons d'ailleurs, d'une manière générale, que les contrepéteries sont faites pour *être dites*, et non pour *être lues*. Ce sont des exercices pour l'oreille, et non pour l'œil. D'où la nécessité de les lire à haute voix. Il ne faut donc pas s'attacher à l'*orthographe* des lettres ou des mots, mais *à leur son* exclusivement.

Le *c* de *cire*, transporté devant *ourse* donnera *source*, et le *c* de *course*, donnerait *kire* devant *ire*.

II. – DEUX CONSONNES SIMPLES À L'INTÉRIEUR DES MOTS

Comme le Seigneur des Accords n'a cité aucune contrepéterie de ce genre, à part celle de Rabelais dont nous avons censuré la traduction, nous voici dans l'obligation de donner un exemple… décent.

Allons-y :

Le doyen du ba*rr*eau s'est fait ci*t*er par un confrère.

Le doyen du ba*t*eau s'est fait ci*r*er par un confrère.

III. – DEUX CONSONNES SIMPLES AU DÉBUT ET À L'INTÉRIEUR DES MOTS

Ici, l'une des consonnes est au début d'un mot et l'autre à l'intérieur.

Exemple :

J'ai *t*âté le doyen du ba*rr*eau.

J'ai *r*até le doyen du ba*t*eau.

IV. – CONSONNES SIMPLES OU LIÉES AU DÉBUT DES MOTS

On nomme consonnes *liées* celles qui produisent un son différent des consonnes simples ou doubles, par exemple : *ch*, *tr*, *br*, *pl*, etc. Lorsque la contrepéterie comporte même une seule de ces consonnes liées, nous la rangeons dans cette IVe subdivision.

V. – CONSONNES SIMPLES OU LIÉES À L'INTÉRIEUR DES MOTS

Même remarque qu'à la IVe subdivision, et même exemple qu'à la IIe.

VI. – CONSONNES SIMPLES OU LIÉES AU DÉBUT ET À L'INTÉRIEUR DES MOTS.

Même remarque qu'à la IVe subdivision, et même exemple qu'à la IIIe.

B. – CONTREPÉTERIES DÉCADENTES

I. – CONTREPÉTERIES PORTANT SUR DEUX VOYELLES.

Les contrepéteries sur les voyelles ne portent jamais sur des voyelles placées au début des mots. Du moins n'en avons-nous pas rencontré une seule, mais, après tout, elles ne sont pas théoriquement impossibles.

Rappelons ici ce que nous avons dit plus haut sur le *son* des lettres. Ainsi le son *é* est toujours compté pour la voyelle simple *é*, même quand il s'écrit *ai*, *ey*, *et*, etc.

Voici un exemple de contrepéterie portant sur deux voyelles :

Une pareille b*o*bine est un déf*i*.

Une pareille b*i*bine est un déf*aut*.

II. – CONTREPÉTERIES PORTANT SUR DES VOYELLES OU DES DIPHTONGUES.

On sait que les *diphtongues*, grammaticalement parlant, sont des voyelles assemblées produisant un son composé. Exemples : *ou*, *oi*, *ié*, *ui*, *ieu*.

III. – CONTREPÉTERIES PORTANT SUR DES VOYELLES SIMPLES OU DES DIPHTONGUES ET DES VOYELLES DOUBLES COMPOSÉES.

On appelle voyelles *composées*, les assemblage de lettres que voici ; *au*, *in*, *on*, *un*, et leurs équivalents : *en*, *am*, *em*, *ym*, *aim*, etc. Les formes graphiques de ces divers sons sont nombreuses.

Parmi les voyelles doubles, citons *or*, *ir*, *al*, *ar*, *el*, et aussi les sons *oir*, *ote*, etc.

IV. – CONTREPÉTERIES PORTANT SUR DES SYLLABES OU DES MONOSYLLABES.

En voici deux exemples :

Des *piè*ges pour les *ca*tons. – Des *ca*ges pour les p*ié*tons.

Un *chant* pour le *por*teur. – Un *porc* pour le *chan*teur.

V. – CONTREPÉTERIES PORTANT SUR DES SYLLABES ET DES VOYELLES OU DES DIPHTONGUES.

Subdivision formée des contrepéteries tenant par moitié à la IVe subdivision, et par moitié aux subdivisions précédentes (I à III).

VI. – CONTREPÉTERIES PORTANT SUR DES MOTS OU DES FRACTIONS DE MOTS.

La fraction du mot doit obligatoirement comporter plus d'une syllabe, pour se distinguer de la syllabe, rangée dans la Ve subdivision.

VII. – CONTREPÉTERIES PORTANT SUR DES MOTS ET DES VOYELLES OU DES DIPHTONGUES.

Subdivision formée des contrepéteries tenant par moitié à la VIe subdivision et par moitié aux subdivisions précédentes (I à III).

C. – CONTREPÉTERIES MIXTES

I. – CONTREPÉTERIES DOUBLES L'UNE CLASSIQUE, L'AUTRE DÉCADENTE.

Cette Ire subdivision comporte les phrases à deux contrepéteries, dont l'une porte sur les consonnes, et l'autre sur les voyelles.

II. – CONTREPÉTERIES SIMPLES PORTANT SUR DES SYLLABES ET DES CONSONNES SIMPLES OU DOUBLES.

Ici, par exception, la consonne opère sa mutation avec une syllabe.

D. – CONTREPÉTERIES IRRÉGULIÈRES

I. – CONTREPÉTERIES DOUBLES ENCHEVÊTRÉES

Ce sont les plus difficiles des contrepéteries irrégulières.

En voici un exemple, que nous nous excusons d'avoir fait quelque peu incohérent, vu la difficulté, mais qui montrera bien, néanmoins, le mécanisme du genre :

Les *lèv*res *sont* re*matées*. – *Les mèt*res *sont* re*lav*és.

Première mutation : le *l* de lèvres et le *m* de rematées, qui nous donne : Les *mèvres* sont *relatées*.

Seconde mutation : le *v* de *lèvres* et le *t* de *rematées*, qui nous donnerait, seule : Les *lettres* sont *remavées*.

L'ensemble donne bien : *Les mètres sont relavés*.

On voit la complication du genre. Et nous avons pris soin de faire porter les mutations sur quatre consonnes. Mais que l'on fasse intervenir, en désordre, voyelles et consonnes, diphtongues et syllabes, et l'on verra encore les difficultés s'accroître. C'est un genre à condamner formellement.

II. – CONTREPÉTERIES PORTANT SUR DES CONSONNES SIMPLES OU DOUBLES DANS LE MÊME MOT.

Ici, nous avons des mutations beaucoup plus simples. L'irrégularité provient seulement du fait que les consonnes à changer se trouvent dans le même mot. Par exemple : *Rivage* donnant *Virage*. Quelquefois, la difficulté s'accroît cependant lorsque les deux consonnes se touchent. Ainsi *Apôtre* donnant *Apporte*. Ou encore lorsque les deux consonnes à changer ne sont séparées que par une lettre. Ce dernier genre ressort davantage de l'anagramme, d'ailleurs, que de la contrepéterie. Ajoutons que si nous n'en avons pas recueilli de ce genre portant sur des voyelles, on en pourrait cependant théoriquement construire.

III. – CONTREPÉTERIES PORTANT SUR LE DÉPLACEMENT DE TROIS CONSONNES SIMPLES OU DOUBLES.

C'est là un genre « régulier » de contrepéterie enchevêtrée, qui peut donner d'assez bons résultats, à condition de ne le faire porter que sur des consonnes. Ce genre de contrepéterie est néanmoins défectueux en ceci que le *lapsus* est invraisemblable. Cela devient une charade, et perd, par conséquent, presque tout son sel.

Voici un exemple :

L'anarchiste *mi*n*e* les *l*ois.

L'anarchiste *l*m*e* les *n*oix.

Le *l* de lois passe au début de *mine*, qui devient ainsi *line ;* ensuite le *n* de *mine-line* passe à *lois*, qui devient *noix*. Reste à caser le *m* de *mine*, qui vient donc remplacer forcément le *n* du même mot. Nous avons donc changé dans les deux mots *mine* et *lois*, les trois consonnes imprimées en italiques dans l'exemple.

IV. – CONTREPÉTERIES PORTANT SUR DEUX PARTIES D'UN MÊME MOT.

Même mécanisme, pour cette subdivision, que pour la IIe.

V. – CONTREPÉTERIES PORTANT SUR LE DÉPLACEMENT D'UNE CONSONNE.

Ici, au lieu de trois consonnes à déplacer, nous n'en avons qu'une seule. Exemple :

Le portier paye à boire à son pote.

Le potier paye à boire à son prote.

Le *r* de *portier* étant enlevé – ce qui donne *potier*, est placé au milieu du mot *pote*, donnant ainsi *prote*.

VI. – CONTREPÉTERIES PORTANT SUR LE DÉPLACEMENT D'UNE VOYELLE.

Même mécanisme que ci-dessus.

VII. – CONTREPÉTERIES PORTANT SUR LE DÉPLACEMENT D'UNE SYLLABE

Toujours le même mécanisme. On pourrait, en poussant plus loin l'irrégularité, faire porter des contrepéteries, sur le déplacement d'un mot, ou même de plusieurs…

*

* *

Voici terminée la définition des différents genres de contrepéteries.

Pourquoi, diront certains, n'avoir pas tout uniment publié les deux sens des contrepéteries recueillies dans cet ouvrage ?

Pourquoi ? Mais d'abord parce que nous entendons laisser au lecteur le plaisir de découvrir le sens caché de chacune des phrases qui figurent à notre répertoire :

Et ensuite, parce que ce second sens est toujours délicat à imprimer.

Les contrepéteries portent évidemment sur des mutations de lettres, mais, – notez bien ceci, – *toutes les mutations de lettres ne sont pas dignes d'être nommées contrepéteries.*

Celles que nous avons données comme exemples, un peu plus haut, comme celles que nous avons laissé subsister avec leur solution dans la citation des *Bigarrures*, ne sont, en fait, que des apparences de contrepéteries.

Pour être digne de ce nom, une contrepéterie doit ressembler aux poèmes de Mallarmé, – ou, du moins, à la définition qu'en a donnée jadis feu Marius Tapora, pharmacien décadent :

Là-dessus, Adoré Floupette me quitta, ayant, paraît-il à terminer un sonnet qui devait avoir trois sens : un pour les gens du monde, un pour les journalistes, et le troisième affreusement obscène, pour les initiés, à titre de récompense.

La contrepéterie ignore les journalistes, qui la pratiquent cependant avec virtuosité. Mais elle sait respecter les gens du monde et récompenser les initiés.

Comme ce répertoire pourrait tomber entre les mains de quelques « gens du monde », nous avons tenu à lui conserver cette décence de bonne compagnie qui lui permettra de circuler dans la société sans imiter M. Joseph Prud'homme, lequel, sur ses vieux jours, rougissait au moyen du fard des erreurs de sa jeunesse.

Quant aux initiés, nous espérons qu'ils sauront se réjouir à découvrir, sous chacune des phrases de notre répertoire, ce sens spécial qui leur est particulièrement réservé.

Puisse l'agrément qu'ils vont prendre à ces découvertes les poindre d'une vertueuse émulation et les pousser à enrichir de nouvelles et magnifiques contrepéteries cette branche toute particulière des connaissances humaines.

Nous serons amplement payé de la peine que nous avons prise, s'ils daignent alors nous les communiquer.

Louis PERCEAU.

PREMIÈRE PARTIE

CONTREPÉTERIES CLASSIQUES

I

CONTREPÉTERIES PORTANT SUR DEUX CONSONNES SIMPLES AU DÉBUT DES MOTS.

Les nouilles cuisent au jus de cane (*).

La serge du vicaire avait beaucoup plu à la dame du fiacre (*).

Quand je prise les brunes, la noire me fuit (*).

Il courait tant de buts divers, qu'il en perdait sa belle mine (*).

Les femmes n'apprécient pas le marc trop doux.

Le douanier a visité les caisses de l'exploratrice jusqu'au fond.

Le sabotier offrit une paire de galoches à sa bru.

L'écuyère se plaint que le mouton de sa botte est trop dur.

Laisse ta biquette au pieu, Nanette !

Quelle drôle de bille tu faisais.

Il le dit à deux femmes.

Elle a reçu toute la farine sur sa mante.

Après l'examen, les bachelières livrent leur Kant au feu.

Le curé est devenu fou entre deux messes.

Le grand nombre des monts empêche de les compter.

Les jeunes filles romanesques adorent les nids à verdure.

Le tonnelier a une curieuse manière de défoncer les vieux fûts.

Rien ne vaut un bon coup de marc après la dînette.

Le plongeur a exploré le fond de la Creuse.

Sous le pis de la vache...

C'est le petit vieux qui vend de la serge.

Hâtez-vous de me faire la cour avant d'être marié.

Les fillettes jouent avec les pioches des mineurs.

La jeune fille contemple un plant qui vient de la Guinée.

Pour entrer aux Carmélites il faut savoir utiliser le mot de guichet.

Quel extraordinaire fouillis de boutres emplit le port du cap ! (*)

J'ai bouffé dans la louche de la baronne.

Les dockers sont allés décharger au su des caboteurs en grève.

Les laborieuses populations du Cap.

Je munirai ta lame d'un beau manche en fer.

Le vieux marcheur admire les fortifications de Metz.

Avez-vous vu le bond de la crue.

J'ai mis en perce un fût de Kummel.

Les fouilles curieuses de Mme Dieulafoy.

On compte souvent plusieurs courses pour un seul but.

Réduisez votre plan à la Grèce, il n'en sera que mieux.

Le matelot veut quitter le bord de la Belle-Poule.

La fillette timide mâchait sa cotte.

On se passe facilement de lutins.

Où avez-vous péché ces lubies ?

Le vieil artisan tisse en plusieurs passes.

Ce couvent de femmes a été fondé par les Saluces.

L'Américain montre à la jeune fille la pureté de son dollar.

Le maniement réitéré des fonds multiplie les mouvements de caisse.

Plût au ciel que je fusse le cygne de Léda !

Il faut être peu pour bien dîner.

Le magasinier a touché un bon de cretonne.

La baronne invite le penseur à dîner.

Le jeune homme qui vissait son lit.

La russe a reçu une niche bordée.

Vous avez encore mussé le citron.

Le plombier cote le plomb, mais soude sur un balcon (*).

Les disciples d'Einstein voient le monde conique

Il ne faut pas mettre la tête de son lit dans les vitres.

Ma cousine joue au tennis en pension.

Le roi en retarda la peine jusqu'au matin.

Voici un bon à toucher en arrivant au Cateau.

La maison peut également procurer des rillettes en fût.

La cuvette est pleine de bouillon.

Quel bonheur pour la princesse que la dotation du roi ?

La fermière attrape les bœufs à la course.

Votre père a l'air mutin.

Ce jeune homme est attaché aux bons Cordeliers.

Jeanne d'Arc avait une cotte de mailles.

Qu'on vide ce muid sans qu'on m'en perde !

J'approche le cou du but.

Le vieux marin gratte le fond de sa quille avec le fer de l'herminette (*).

Ils n'avaient que de vieilles caisses pour ranimer leur feu.

La femme du mineur est ensevelie sous des piliers de mine.

Les charpentiers sont assis autour d'un petit feu de poutre.

La Brésilienne sèche son linge.

Madame a reçu un coup sur son fond.

Elle en fait des chichis pour une pauvre mite dans sa botte !

L'Inspecteur primaire voudrait voir les bons cahiers.

Le cuisinier met du cœur à ses bouillons.

Quand elle a sa marotte, impossible de compter sur elle.

Il y a là de jolis sites pour bâtir.

On dort peu à l'hôtel du Bon Coucher.

Son mari étant au bout, elle fit mander un prêtre.

Ovide exilé rencontra le bonheur au milieu des sites.

Il faut qu'il rende, ce vieux bouquin.

J'ai le nom de la russe sur le bout de la langue.

Le fard plaît aux dames.

Allons, ma fille, essuie ça vite et bien.

Le paysan avait fourré son coutre dans un vieux fût.

Pour parvenir au but il faut beaucoup de courage.

Les mutins ont passé la berge du ravin (*).

Il a laissé tomber sa gomme sur son plan.

La dame essuie son fard avec son manteau couvert de loutre.

Ce jeune homme a une mine piteuse.

Les touristes ont attrapé des coups dans les Pouilles.

Le vieux monsieur parle d'un ton couvert.

Pour atteindre le trou du fût, il faut écarter les casses.

Elle m'a menti la sotte !

La reine avait une pierre fine à la main.

Votre don me paraît fort coûteux.

La cuisinière s'est aperçue que son mouton bouillait.

Ce cabot de curé a des nouilles au jus (*).

Le grand Inquisiteur se plaint que ses fagots coûtent.

Les blanchisseuses de Toulon présentent à la marine des notes fort suspectes.

J'aime à sucer le jonc de ma petite canne.

Je vous trouve un peu trop nourri pour mon goût.

L'usage d'inoculer du pus de génisse s'est répandu très rapidement.

La fiancée du bijoutier est heureuse d'avoir à sa disposition une mine de perles.

Si vous voulez que ces jeunes filles goûtent, donnez-leur des flans.

Le pont de la Belle Eugénie est plein de curés.

J'ai admiré de jolis sites en faisant ma balade.

Surveillez la pente par où s'écoule votre fine.

Le clerc du notaire ne peut atteindre son but.

Dans ce siècle de perdition, toutes les jeunes filles doutent de leur foi.

Les saleurs couchent le thon avant de l'ouvrir.

Ce pichet a une belle mine.

Le gros entrepreneur pétrit le béton à la tonne.

Le coche finit toujours par arriver au but.

Les Italiennes choisissent des quines à la Loterie des Pouilles.

Cette fois, j'ai senti le bout de ses galoches.

La femme du contribuable demande qu'on modifie sa cote.

Je crois que votre rata prend du ton.

L'épicière ajoute un quart à son dû.

Pouvez-vous faire mander les basochiens ?

Ne trouvez-vous pas, Mademoiselle, que les Beaux Zarts sont un plaisir des Dieux ?

Les canotières appréciaient la raideur des berges de visu.

EXAMEN DE PHYSIQUE. – Mademoiselle, quel est le poids qui équivaut à une dyne ?

L'antiquaire emporte dans ses caisses le produit de mes fouilles.

Les quilles sont rangées en cercle autour d'un vieux fût.

Le vieux passeur a la mine fatiguée.

Il m'a promis son tennis.

La femme du chef d'orchestre a fait mander le basson.

La berge précède le vide.

Mademoiselle, laissez-moi vérifier la cote du mont.

Le troupier frotte son quart à ses douilles.

La cantinière porte une grosse d'œufs au camp.

Les caissières trouvent que leurs caisses manquent de feu.

Le bout pendait.

L'armurier se plaint que ma sœur lui couche les douilles.

La comtesse apercevait de superbes sites autour de son balcon.

Nous aurons du cran jusqu'au bout.

Ma femme se plaint qu'il n'y ait pas assez de sites dans la Beauce.

Quelle bonne mine a Patrice une bonne mine de Paris (*).

L'épicurien se plaît à rechercher les sources du bonheur.

Des pêcheurs en quête de thon.

Les enfants vont près du feu pour faire briller leurs galoches.

Goûtez-moi cette farce.

Un jeune homme a une mine de plomb.

Cette lutte est vraiment passive.

Les femmes n'ont pas l'habitude de mettre leur quart au trou du fût.

La pauvre femme est folle de la messe.

À la campagne, je perçois dans ma couche les mouvements des bœufs.

L'ingénieur avait fait poser une valise sur ma berge.

Quelle sale guigne ! Je me suis écorché le flanc !

Cette femme a l'allure douteuse.

Il retira sa cape pour bouffer les nouilles.

J'ai touché l'autre jour un petit bon carré.

La fermière sait que sa poule mue, aussi vit-elle au champ (*).

La cuisinière fait des nouilles auprès de mon feu.

Le mercanti vendait, assis sur une berge.

La petite espiègle me cacha les mouillettes.

Les bons italiens sont en caisse.

Par ce temps orageux, toutes les mites sont au bout.

Le laboureur regarde fouler son coutre par le pou de latrine (*).

Le coureur a gagné, en se couchant, le but.

Le mitron coffre le son de la boulangère.

Le Périgord est réputé par sa cuisine et surtout par son admirable beauté de sites.

Le joueur adroit sait enfoncer la quille au but.

Une fille honnête ne permet à personne de fouiller dans sa mante.

Ne critiquons pas les solutions de la peur.

Il n'y a que la femme du meunier qui soit capable de bâter une mite.

Le jardinier bine avec sa pelle.

Encouragé par sa femme le bûcheron fendait dix bois par jour.

Je ne suis pas pressé pour dîner.

La jolie passagère glissa sur un pan coupé et se cassa la main sur le pont (*).

Les trafiquants ont passé des peaux de lutin à Buenos-Aires.

Si le mineur va chez la patronne, c'est que sa boniche l'a fait mander (*).

Le mineur au pâle visage tire sa houille de bon cœur (*).

La belle passagère a attrapé des coups sur le pont.

Les ponts de Cologne sont immenses.

Les marins jouaient avec des filles sur leur boutre.

Le tapissier agite son pinceau dans le fond de la colle.

Dans la nuit les Terre-Neuvas craignent les proues qui tuent.

La jeune fille toussait en se mouchant.

Au pensionnat, elles ont toutes un toit pour se doucher.

Taisez-vous dans le bas.

Les bas-quartiers de Paris sont minables.

Attention le pont va casser.

Les nouilles ramollissent dans le corps.

Le ministre italien est tombé à la crise des Pouilles.

Ordre de l'Amirauté :

Ralentir si on se fait branler un peu à dix nœuds.

Le pirate ramène à son port une cargaison de butin.

Ce cric a l'air bon.

Son parrain a une belle mine.

Avec leur nouveau règlement sur les munitions ils nous en perdent.

Marquise, votre balcon saille dangereusement.

Il y a un corps sur le pont de la Jeanne d'Arc.

Tendez votre lit en vert.

L'épouse déplore que son mari soit mort fou.

Ménagez votre course, n'abusez pas des bonds.

Il y a un coteau près du pont.

Les lutins pêchent les maquereaux.

Il y a ici des tentes à foison.

Les dockers ont de beaux cars.

Je n'aime pas le son de votre cœur.

II

CONTREPÉTERIES PORTANT SUR DEUX CONSONNES SIMPLES À L'INTÉRIEUR DES MOTS.

On reconnaît les concierges à leur avidité.

Je vous mettrai aussi de belles fèves.

Une sorte de rage lui tient lieu de verve.

Rien ne plaît au matin comme un bon coup de byrrh.

On ne voit guère de cardinaux jeter l'habit rouge aux orties.

Le bouffon de la reine est travaillé par un catarrhe.

Le rabbin réservait au sénateur une belle collection de piques.

Ce jeune séminariste rêve déjà de se voir en curé avec une calotte.

À Beaumont-le-Vicomte.

Il est pénible pour un concierge d'être éveillé brutalement.

Le misanthrope laisse travailler sa bile et se sent détesté.

J'aurais cru que vos perles coûtaient davantage.

La marchande de lampes de poche se réjouit d'avoir une pile en panne.

Il faut bien se garder de piquer dans la colline.

Les Algériens promenaient leur vaste pif dans Ténès.

III

CONTREPÉTERIES PORTANT SUR DEUX CONSONNES SIMPLES PLACÉES AU DÉBUT ET À L'INTÉRIEUR DES MOTS.

Ça me faisait plaisir de voir ce vieux lycée Ampère.

Chaque soir, la petite poule pondait quelque part.

La marchande de crêpes avait un petit air mutin.

Le bonheur descendait en elle.

Le neveu remet Finette à sa tante.

Le quincaillier empile son vieux fer dans son grenier.

Il faut que le dard du jouteur soit toujours affûté.

Qu'est-ce qui rime avec Othello ?

Pour calmer sa fiancée, il l'apaise en la berçant doucement.

Allons voir passer les merles par la dunette.

Quand il est saoul, il n'a plus de remords.

Le cuisinier a un canard sur le feu.

Les fillettes s'amusent au pont de Malines.

Le tailleur est submergé sous les amas de patentes.

40/86

Mademoiselle, que diriez-vous, d'un caneton à la russe ?

Voici, monsieur le curé, la bannière demandée.

Le pharmacien bouchait de l'extrait de Saturne.

J'ai engagé une jeune bonne pour secouer les mites de mes habits.

Le cuisinier est en train de secouer les nouilles.

La préfète se réjouit de passer des Landes au Gard.

Il ne faut pas bêcher l'élite.

La malheureuse s'est tordu l'humérus.

Outré, j'ai noté leurs abus.

Passe-lui donc aussi un peu de vin doux.

Vous voulez mettre ce gros paquet à votre nom ?

Elle n'aurait jamais pensé s'endetter.

L'aéronaute descendait dans son ballon.

Je ne vous conseille pas de nettoyer votre lit au savon.

Madame, ce vieux juif ne vous empêchera pas de recevoir l'averse, au con-
traire.

Dans l'ivresse du triomphe, Achille jeta sa pique aux nues.

Que de gîtes la pauvre femme habita.

Cette vieille fine n'a aucun dépôt.

Les femmes méprisent les mythes abolis.

Le banquier racole des fonds.

Avec les plus belles dépouilles, on fit une curée magnifique.

Tu tétais encore que déjà tu paraissais taquine.

Tacite se promène en babouches.

La fille du mineur adore l'épinette.

Elle a fait piquer son nom sur une serviette.

Les concierges sont toujours vains.

Le barbier, en rasant, lui a coupé le lobe.

Avant de se baigner, il m'a fait tenir son avis sur la berge.

La pâtissière voudrait avoir une mine à lapins.

Le cuisinier demande au sommelier un coup de vin pour son salmis.

Ce groupe a l'air minable.

Les femmes n'aiment guère trouver du gel après l'averse.

Les moissonneurs empilent de vieilles faux dans la grange.

Cet enfant de Paris s'est efféminé.

Ce n'est pas un métier de faire du ciné.

J'ai remis le fard à Madame.

Les femmes furent empilées dans le fort.

Il vaut mieux ne pas trottiner avec une pente pareille.

Mademoiselle, désirez-vous des nouilles encore ?

C'est long comme lacune.

Le maire de Riom vient d'avoir une belle élection.

Dans la brandade de morue, le lard est superflu.

J'ai offert le bordeaux aux femmes du Portel.

L'anneau de la puce est peu employé par les maroquiniers.

Sabine adore les prunes.

Je vais pêcher dans l'étang.

Elle a raté le doyen du bateau.

La marquise a bêché trois allées.

Dans la cour, le vieux chanteur détonne.

Défense de léser ce cabotin.

On rit beaucoup dans la machine.

Je vous caresserai les tresses après le foot-ball.

Elle racole des hommes aux fouilles bien remplies.

Les filles du viticulteur m'ont montré leur grange à vin.

Lotaire était verni d'avoir tant forniqué.

Les bonds des accusés.

Les aviateurs n'ont plus besoin de piquer pour crever le mur du son.

Le médecin a admiré ma mine épatante.

Merci beaucoup pour vos fouilles.

Le petit ami présente deux tranches de jambon : « Veux-tu la fine ou l'épaisse ».

L'éperon du cavalier est resté accroché dans les toiles.

CONTREPÉTERIES PORTANT SUR DES CONSONNES SIMPLES OU LIÉES PLACÉES AU DÉBUT DES MOTS.

Un lieur de chardons.

Pour changer le mât de cargo, pas besoin de ce mousse (*).

J'ai retiré la clé du bac.

Le fermier a montré son veau gris à ma femme.

Le jardinier a des pieds de choux.

La fraîcheur des plombs de Venise provoquait les quintes de Casanova.

Le huguenot se plaît à tromper le papiste.

Gardez toujours tête au frais et pieds au chaud.

Le chasseur à pied dans la rivière.

Il faut prendre les choses en riant.

La femme du bedeau nous a montré le coup du tronc.

Je me suis fait tromper en achetant des pipes.

J'ai vu le charcutier lié sur son char.

Accroupie sur la chaise, elle se chauffe le bras.

À l'idée de voir la Chine, une étrange pâleur envahit la jeune fille.

J'ai la liasse, mon chou.

L'aumônier du couvent arrose ses varices à l'eau claire.

Cette cliente réclame de superbes tranches dans le mou.

Ce vieux scorpion a battu le mort.

Admire ma chance, et lis dans ma main.

Passe-moi le rhum, que je t'en brûle dans la cuiller.

Vous avez tout le temps qu'il faut pour faire une bonne crapette…

Les terrassiers rient sur le chantier.

Voici, mademoiselle, de superbes chambres au mois.

Empoignons les quenouilles aux grues.

Suzanne a glissé dans la piscine.

La béguine admirait un Jacquemart de Bruges.

Quand le ministre veut traiter, ce sont ses pipes qui l'inspirent.

Les scorpions montaient sur la motte.

J'ai réussi à fendre la presse.

Le fakir est arrivé à pied par la Chine.

L'Arlésienne a un vieux mas bien choisi.

Il cherchait des trous sur les ponts.

Le bouffon rotait sur la scène.

Ces frites me bottent disait la cuisinière…

La fille tomba dans la boue et il fallut lui arracher les mains de la crotte.

V

CONTREPÉTERIES PORTANT SUR DES CONSONNES SIMPLES OU LIÉES PLACÉES À L'INTÉRIEUR OU À LA FIN DES MOTS.

Tu ne peux te passer de vaccin dans les régions où tu es.

Le grand rabbin écorchait l'hébreu, et sa femme l'écossais.

Les soldats ont pillé ma fine à la cave.

Louis VI fit brancher Montlhéry.

Elle rêvait d'être mousse de péniche.

Les longues croisières en canot développent l'organisme.

C'est à Rouen qu'on laisse les péniches.

Cet enfant vicieux mouille ses couches.

À un jeune électricien : « Branchez-vous d'abord, scellez ensuite. »

La fermière conservait dans ses fermes l'espèce de ses étalons.

Elle avait un chapelet de citrouilles autour du cou.

VI

CONTREPÉTERIES PORTANT SUR DES CONSONNES SIMPLES OU LIÉES PLACÉES AU DÉBUT ET À L'INTÉRIEUR DES MOTS.

Le mireur d'œufs possède un appareil pour inspecter le germe.

Saisissez toujours l'échelle par le bas.

Ma propriétaire voulait aspirer mon terme.

Le vieux clocher où s'abrite le Jacquemart.

Le flûtiste souffle dans le do en bouchant le fa.

À la vue des Nippons, la Chine se soulève.

Vous m'obligeriez si vous vouliez me laisser le Chaix.

Le propriétaire au nouveau garde : « Je vous confie la chasse ».

Ôte ta lampe que je guette.

Sur la scène, ce nabot est cocasse.

Dans la lunette, il scrute le gas.

L'éviction de la régie du port satisfait les navigatrices.

Le Belge scie dans la chambre, l'hiver il préfère scier au chaud que de scier dans un chiffon (**).

DEUXIÈME PARTIE

CONTREPÉTERIES DÉCADENTES

I

CONTREPÉTERIES PORTANT SUR DEUX VOYELLES

Mettez donc vos livres sur mon ombrelle.

Je me demande ce que tu feras dans ce Congrès.

Je me suis procuré une bonne virole en chêne.

Entendez résonner l'écho harmonieux de la flûte.

Les Bretons sont arrivés, leur Pen-Bass à la main.

Il dissimule sous sa calotte un air bien rusé.

Le garde chasse les biches à grands coups de botte.

L'afficheur est en train d'encoller le mur.

Votre Beyrouth est bien riche.

La mariée partit avec un grand salut à la noce.

Madame, je suis tout disposé à peiner entre vos fils.

Il est interdit de passer sur les rives.

Prêtez-moi vos livres pour ma peine.

J'ai laissé tremper ma botte dans votre citerne.

Madame, j'aurais voulu que vous prissiez cette peine.

On demande de fortes bottes pour les dames de la piste.

Il caressait les fils de la modeste Caroline.

Les marins s'offrent une bonne tranche de panne sur leur tartine.

Les femmes s'habituent aisément à la vie de la Butte.

Madame, je serais heureux que vous me laissiez jouer avec vos fils.

Elle a joué au Grand prix.

Ce veau a des qualités.

Les contrebandiers montent sur leurs mules avec des patins.

Rouge comme un veau de Nice.

Une tête de veau blanchie.

Il a reçu un coup de pelle dans la face.

Il aurait fallu que votre bête fût plus grosse pour que je la prisse.

Il ne faut pas faire passer le riz dans le beurre.

Que ça sentait mauvais à la noce de la Russe.

Les médecins ont déclaré Ginette trépanable.

Pendant les Six-Jours, le coureur en piste parle à peine.

Toujours l'épine est sous la rose.

Le menuisier a encollé les bûches.

L'ânier caresse l'ânesse dans la rue et murmure « Vise l'âne » ? (*).

Le marchand de produits chimiques spécule sur la baisse de la potasse.

À Rome, as-tu vu le gars qui a une bath de pipe ?

La petite rate cherche une botte de radis.

La puce est pleine de vodka.

Ce cas de Corée me turlupine.

L'imprimeur est tombé la face sur les lettrines.

La serveuse du bord se vautre sur son matelas.

Le cantinier a écorché sa botte.

II

CONTREPÉTERIES PORTANT SUR DES VOYELLES ET DES DIPHTONGUES.

Les joueurs trouvent spirituel de coller leurs bûches dans le cou du banquier.

Placez-moi les quilles de nouveau, s. v. p.

On verra bientôt la ruine dans les caisses du roi.

La bise a glacé nos troupes.

Anatole France a son nom sur un quai.

Que voulez-vous que des gosses fassent d'une loupe ?

Le paysan regarde pousser les épis.

Les meilleures moules ont l'écaille presque noire.

Les enfants s'amusent avec des piles de boîtes.

Le garçon de ferme ne ménage pas sa peine pour secouer la litière.

Depuis qu'il est mort sa femme s'en fout.

Il est inconvenant d'introduire les Dieux dans les lois.

La Russe porte au cou une fourrure à longs poils.

Il faut une longue peine pour arriver officier.

Elle s'est éveillée avec deux puces dans le cou.

Les femmes sentaient le vent à travers leurs vitres.

III

CONTREPÉTERIES PORTANT SUR DES VOYELLES SIMPLES (OU DES DIPHTONGUES) ET DES VOYELLES DOUBLES OU COMPOSÉES.

Le vent siffle dans la rue du quai (*).

Dès que l'on touche à son petit banc cet enfant boude.

Nous vîmes un superbe colombier sous les pins.

C'est à l'ami que j'offre mon vin.

Au fond, l'odeur du quai n'est pas désagréable.

Il est interdit au croupier de ponter.

La jeune fille a reçu l'orage en pleins champs.

Le général ordonna de brûler les camps.

La petite Marion m'a fait un beau papier.

Les propriétaires de Bordeaux ont de magnifiques hôtels.

On a fourré un haras dans son champ.

Il faut être croupier pour être pondéré.

… Voyez les cailles qui boulottent.

Les dames patronnesses cherchent des boîtes pour les ouvrir.

J'ai senti une forte odeur de marron en approchant du quai.

Les queues des poires sont restées accrochées dans les suspensions.

L'entrée du camp plaît à la longue.

J'offrirais volontiers mon dû pour cette parcelle.

La bordure de sequins est du meilleur ton.

En quittant le quai, je réclame un bidon.

Le mal aux dents n'empêche pas de barder.

J'aime le son du cor.

La passagère se nettoie le cou à la pompe.

Les étriers gisent sous les caissons.

En l'an 612, le Pape envoya saint Colomban aux païens d'Irlande.

Je dédie ce rondel à une jolie femme de Bordeaux.

Combien a rapporté votre quête, ma petite Suzon ?

Une grosse peine la mine.

Le jeune Séminariste a lu Perceau.

Le vieillard suivait la messe en pensant à ses fils.

Les filles publiques évitent les voies privées.

Le vin de Paris.

Ce monsieur a un vent coulis entre les jambes.

Buffalo Bill lança son feutre aux Sioux.

La vivandière a vidé les deux quarts du bouillon.

La bergère court après les vaches qu'elle a laissées.

En Corée, il est tombé beaucoup de marines sur les têtes des ponts.

Le matelot nettoie ses câbles rouillés.

Un bandit a affolé ma sœur.

IV

CONTREPÉTERIES PORTANT SUR DES SYLLABES OU DES MONOSYLLABES.

Les fourriers ont largement distribué leurs guêtres.

Régalons-nous du chant de la conteuse.

Oserais-tu, manant, contester nos particules ?

Le gladiateur nubien pénétra dans la lice.

Rien de tel qu'une morue pour braquer un calmar.

La compétence des rousses.

Le client avait laissé un moka dans l'auto kabyle.

Elle a lassé la pitié des moines.

Le Pont-Neuf fait soixante pieds.

Le fourrier empile des culottes.

La marquise a un goût pour les cagnottes.

Ne vous entêtez pas quand vous en aurez fini avec les culasses.

Le curé cherche à faire sortir un écu de son tronc.

Nous laisserons décider le bandit.

De terribles tempêtes ont bien abîmé la vieille route.

Les professeurs admirent le factum du recteur.

On trouve les typotes anglaises devant les canettes.

Le prieur du couvent avait retiré son capuce devant le préfet.

La mort des Scipions.

Les empaleurs de curie.

Reculez-vous sous mon hangar.

Les grues en goguette vident leurs Pernods.

Quand ils s'en mêlent, les canonniers savent employer la culasse.

Je déteste le riz Condé.

L'électricien emballe des culots.

Avez-vous vu les énormes roulottes des Pères ?

La douairière passe la main au boston du vieux routier.

L'Anglaise caresse les rousses de Boston.

On n'est jamais assez fort pour ce calcul.

Écoutons la chorale des mineurs.

Il est tard la mignonne, le voilà dans le pétrin.

Enfilez-vous le quai de Conti ?

Ayant annoncé une petite quête, il exhiba sa biquette dressée.

Henri a été maculé de boue en passant sur la rive (*).

En pleine déroute le cantinier vend sa bibine.

Le banquet des fraudeurs.

Reculez pour vous en tirer ensuite.

Ici fut enlisée Colette.

La fête des mères.

Huguette, boutonnez votre brassard.

Le fakir se laisser enfouir sans gilet.

Mettez cela dans vos vitrines.

Le mécanicien a enfermé sa filière.

La foule se roule dans le pinard.

Le maître de danse a trente balles dans son gousset.

V

CONTREPÉTERIES PORTANT SUR DES SYLLABES ET DES VOYELLES OU DES DIPHTONGUES.

À l'auberge du Congre debout, on savoure de délicieuses tourtes de cailles.

Mon chien préfère les airs à la mode.

Quand je songe à la fiction des éléments je suis saisi de livides pensées (*).

Rien n'est plus gracieux qu'une jeune fille en culotte et en corset.

Tous les cochons ne sont pas en bouillie.

VI

CONTREPÉTERIES PORTANT SUR DES MOTS OU DES FRACTIONS DE MOTS.

Les agents ont arrêté une masse de perturbateurs.

Les rossignols du caroubier enchantent ma belle-mère.

Le maître de manœuvres a emporté la fil ère.

Le chirurgien ampute une jambe.

Tu en as une bobine à la pêche.

Dans l'ardeur de la jeunesse, il fêta Priape avec Vénus.

La jeune pédicure me mouille les cors.

L'hôtelier nous débite la goutte.

Le Fou du roi secoue sa marotte au-dessus des chiennes.

Quelle énorme phalène attaque la Russe !

Mon petit frère pisse à la Chaux-de-Fonds.

La colle mouille.

La servante revient de la ferme pleine d'espoir.

Des infusoires en suspension.

Tu t'approches pour avoir une raquette.

Je vais vous faire faire des escalopes avec une belle salade.

Vos matricules ont une valeur testimoniale.

Charlotte portait à ses lèvres l'énorme verre de bitter.

Voici quelques bouteilles d'Uriage pour votre marine.

C'est bien notre rôle de ramasser une bonne verveine.

La Comédie nous enseigne à détester nos ridicules.

Cette jeune personne habite Laval.

Parfois en séchant, les linges mouillent les cordes (*).

Un point contus.

VII

CONTREPÉTERIES PORTANT SUR DES MOTS ET DES VOYELLES OU DES DIPHTONGUES.

Les paysans s'en vont aux champs en bande, en caressant le cou de leurs bœufs (*).

Quand elle voit mon sloop à quille elle envie mon sort (*).

TROISIÈME PARTIE

CONTREPÉTERIES MIXTES

CONTREPÉTERIES DOUBLES : L'UNE CLASSIQUE, L'AUTRE DÉCADENTE.

Le jeune Marius, travaillant à l'année, entendait le sabir (*).

Le plan du gaillard un peu lent m'accule (*).

CONTREPÉTERIES SIMPLES, PORTANT SUR DES SYLLABES ET DES CONSONNES SIMPLES OU DOUBLES.

Les écoliers jouent dans les pièces du fond.

L'Inquisition allait jusqu'à faire brûler les enquêteurs.

Le Touring-Club installe des dépôts de vivres pour les étrangers au milieu des monts.

Le laitier fait la traite à minuit.

QUATRIÈME PARTIE

CONTREPÉTERIES IRRÉGULIÈRES

CONTREPÉTERIES DOUBLES ET MULTIPLES ENCHEVÊTRÉES

Le capitaine a été contraint d'enfumer sa cale.

Je veux passer ma cangue au cou de Mélusine.

Il a une bien triste mine, ce vieux paletot.

L'épicurien pense : ce mal sous mon toit, c'est ma pendule.

L'aspirant habite Javel.

Pendant que le nègre cherche le vent pour trouver le pied dans la chasse, la noire reste auprès du feu.

Le dictateur lit dans Eschyle l'annonce d'un grand événement[15].

Éric, il faut un calme et bon caviste pour eux sept[15].

Le fou cure bien ses dents comme il le doit[15].

Le corbeau aime le sang qui coule à la curée d'un cerf[15].

II

CONTREPÉTERIES PORTANT SUR DES CONSONNES SIMPLES OU DOUBLES DANS LE MÊME MOT.

Elle choisit un nœud vert pour son caleçon rouge.

Le trou du tonnerre.

La pauvre fille se mit en quatre pour son amant.

L'hippopotame est un quadrupède à derme énorme.

Elle l'avait conçu sans plaisir.

J'ai vu la petite rapetisser.

Femme bien nippée toujours contente.

CONTREPÉTERIES PORTANT SUR LE DÉPLACEMENT DE TROIS CONSONNES SIMPLES OU DOUBLES.

La philantropie des ouvriers charpentiers (*).

Ce jeune homme danse comme un ballot.

Parmi ces dames, il y en a de fort belles.

Je ris en voyant des dames mettre le pied dans la ferme.

Lisez Alfred de Musset au moins six fois par an.

Le boutre du Sultan coulait au confluent de la Garonne.

IV

CONTREPÉTERIES PORTANT SUR DES PARTIES D'UN MÊME MOT.

La rosière de Viroflay.

Le philosophe réfléchit.

La cantinière aime à voir grossir les topinambours.

La pipelette à un chat bien touffu.

Le paveur a foulé dans la poussière (*).

En débarquant dans l'île ils ont trouvé du cacodylate.

V

CONTREPÉTERIES PORTANT SUR LE DÉPLACEMENT D'UNE CONSONNE.

Je vous montrerai des tableaux, des statues et des gravures, et le tout de mon cru.

On faisait jadis travailler les marins à la baguette.

Sa petite raquette crève.

VI

CONTREPÉTERIES PORTANT SUR LE DÉPLACEMENT D'UNE VOYELLE.

Le gros Pierre a été en Vendée.

Le prêtre montrait sa vierge derrière le panneau.

Le bord des Chotts ne manque pas de cocotiers.

Il est impossible de voler cent vierges.

Le grand-père s'est hasardé dans un coin sale.

Pour jouer les petits enfants cherchaient l'un après l'autre sous le piano.

Il se plaint du coup du malotru.

VII

CONTREPÉTERIES PORTANT SUR LE DÉPLACEMENT D'UNE SYLLABE.

Madame… Vigée-Lebrun.

Le clou du cirque, c'est le numéro du braque et de la marmotte.

La boniche sautait sur les bésicles du mécanicien.

La belle pivoine.

… qui n'aimait pas les chats vicieux.

Vitupère-t-on ?

C'est un phénomène vital.

SUPPLÉMENT

CONTREPÉTERIES NOUVELLES

ET

VOYAGE DE NOCES

ROMAN

PAR

LE FUTUR AMIRAL

RAY. M***

CONTREPÉTERIES NOUVELLES

L'Amiral nous brouille l'écoute avec sa panne de micro (*).

Nous voyons bien ce que ces fouilles nous coûtent.

Il faut couper les nouilles au sécateur.

Relation d'un « Voyage au Congo » l'Afrique est bonne hôtesse ; mais la canicule n'avait rien pour nous emballer : nous sommes déçus, cachons-le bien (**).

Le roi nègre avait son gourbi plein de phonos.

Vous êtes bien bon d'être resté si longtemps à Candé.

Je n'ai pas de rebord à mes épaulettes.

Il y a un gros feu rouge à l'entrée de Tenès.

La côte des Pouilles est desséchée.

Pour démolir ce pignon, il faudrait une bien grosse mine.

Achète, que je rie.

L'arrivée d'un régiment de Forbach nous a privé d'une bonne partie de messe.

L'Amiral des Salins rêve de Colombo.

L'aide de camp sort pour défiler, et l'amiral m'engueule.

Ces maris, quand on pense ! D'abord c'est fou, et puis ça s'endort (*).

La jeune fille expose son cas au curé : c'était pour s'accuser d'une marotte (*).

Ces luttes perpétuelles épuisent la malheureuse Russie.

Ce petit bouillon fait la joie du corps.

J'aime le goût de ce petit blanc.

Les gros bœufs du Nord ont fait souche dans le midi (*).

Votre recteur est un grand bonhomme.

Mettre la Chine au pas ? Mais ne serait-ce pas mettre le feu à l'Annam (*) ?

Titres de films : Le Vengeur de Momie. Les Mystères du cliché. L'Anneau du Moabite. Les belles Messes du Finistère. La Fileuse enchantée. Les Mutins de Pompéi. Vaisseaux sans roulis (**).

« Le jour des galas aux champs et tous les soirs dîners pompeux (*). » Mᵐᵉ de Sévigné.

Rodrigue fut vainqueur en moins d'une semaine.
Enfin le Cid rêvé fit délirer Chimène,
On vit quand il sortit l'amante en sangloter,
Laissant avec dédain tous les grands plaisanter (**).

Le bon taupin croche dans les math et n'a pas peur des jus calés (*).

Au Zambèze, les femmes sont jeunes et gentilles.

Murillo a peint une Vierge entre deux ascètes.

Deux carrioles sans mulets.

Avec sa mine de bon gros père, M. le maire aime à faire son Néron sur le trône ; le matin, il inaugure un pin de la Paix (**).

Goûter les charmes de la brousse.

Elle habite à Madère.

L'écouteur de fond trouve souvent des sons à côté (*).

Sans un mot, le guetteur dévorait son affront.

J'ai la bouche pleine de mythes.

Bien tendu, frais savonné, rien n'est chaud comme un bas de femme ; hélas ! combien deviennent piteux à force d'être remmaillés, (**).

À la manière de Casanova : Sous des dehors placides, elle cachait un fond réellement curieux ; parfois de tout son amour me criant l'aveu, elle se lamentait, faisant même de sa couche un bond hystérique ; d'autres jours, à peine descendais-je de son balcon, prêt à glisser du banc dans cet antre obscur, que la sotte commençait à mentir ! Hors de moi, je la quittais sans bonté, puis j'allais fier de mon coup l'arroser dans la buvette, ou muser, raqueux au Lido (**).

Jamais une femme honnête n'accusera son enrôleur.

Cogiter sans haine.

Si tu voulais me laisser le pain chaud, je te donnerais ma croûte à pâté (*).

N'oublie pas de gagner ton petit massepain.

Dans sa prison la reine Marie-Antoinette écartait les grosses bêtes qui faisaient trembler ses fils tandis que deux anciens sans-culottes méprisant la vieille

Capet, pendaient, devant la Bastille, de jeunes royalistes qui, profitant de la nuit, s'étaient emparés de leurs piques et les trompaient (**)

Après les courses les tribunes se dégarnirent, on voyait vider les bancs, les femmes voulaient voir les bêtes de prix, le jockey du cheval gagnant avait entre les jambes la bête la plus riche et sa femme aimait le chic de sa botte. Le mutuel refusa de payer les paris des mutins et l'on vit les mutins partir (**).

VOYAGE DE NOCES

IMPRESSIONS DE CATHERINE ET DE SERGE, NOUVEAUX MARIÉS, D'APRÈS DIVERS DOCUMENTS.

Sur le quai de la gare Serge a déploré la foule.

Il a eu du mal à éveiller ce concierge ; laquais à chasser.

Kate laissera quand même bon souvenir.

Propre et bien astiquée, Saverne a l'air d'un jeu d'enfant.

Catherine apprend à pêcher au canal de Malines.

Il pleut sans arrêt ; débarqué au milieu des flaques.

Toute heureuse de m'abriter sous le Jacquemart. Kate.

Catherine rue de la Paix, je l'ai quittée à la Bourse. Serge.

Suis seul à prendre mon thé au milieu des piétons.

Voilà la pire des manies. Il sait pourtant combien mon temps est compté. Kate.

Hôtel Bettine. – Serge se gratte toute la nuit. Y aurait-il à Paris de vraies puces ?

Je me débats contre Catherine qui voudrait me sucer la pomme.

Descente entre deux taillis. (Carte aux parents.)

Saint-Cloud. Elle est à peindre. (Carte de Serge.)

Kate m'a fait décapoter en traversant Loches, résultat : glacé jusqu'au Mans.

Cet aller et retour du Mans m'a irrité la glotte. Quelle chaleur ! plus rien dans les sources, la Beauce m'étouffe. Kate.

Il est marrant avec ses grosses lunettes au goût de la Baule. Kate.

Arrêt forcé : panne à Vichy.Valve à fumée. Serge.

Assez vu d'Agen. Soustons est rayé.

Franchissons ce soir Pyrénées. Serge.

Ça serait trop drôle s'il en perdait sa belle mine ; ce qu'il lui faudrait c'est un mot de vous. Kate.

Depuis que je l'ai formée, elle s'habitue à faire ses malles. Serge.

Très endetté à force de bambocher, je perds comme un vrai Vénitien.

J'avais toujours rêvé de dîner sur le Pô avec une petite môme amie du baiser.

Il faut partir. Kate devient folle de la messe.

Après ma bonne trempette, je vais me coucher en pensant à toi. (Lettre de Kate à une amie.)

Quel bain ! (Serge) et quel site (Kate).

Serge encore en veine ! Comment peut-on se passer de ses bonnes parties de roulette ? Kate.

Sommes en russes pour aller aux fêtes. Verrons aussi Chaliapine.

Un peu souffrants tous les deux : Kate avait mal aux reins en revenant du ciné. Moi-même à l'instar j'avais mal aux dents ! Serge.

Comme tout jeune marié, je me plais à Bandol.

Enfin seuls ! Cabine treize. Je descends au quai pour quelques minutes.

Je connais déjà Lamoune aussi bien qu'Oran. Kate.

Reçu mots croisés, à voir colonne déchirée, je suppose que grille est fausse.

Catherine engraissée, très en beauté. Serge.

Hélas, je gonfle et deviens rousse. Kate.

Kate bonnasse, laissant faire.

Mon tendre époux se frottant le minois entre deux chamelles. Kate.

Fait voir Kate au toubib, même au potard.

Je vais la gâter Catherinette, elle est toute ma vie.

La population normale est bien difficile à classer. Serge.

Empoisonné par grives de Beyrouth, je ne l'ai dit qu'aux parents. Serge.

J'ai peur que les prochaines tempêtes me demandent bien du cran.

Bon souvenir de nous deux.

J'aurais voulu l'envoyer en mer, mais avec ces roulis qui battent les vôtres !

Catherine lassée. Sommes rentrés en pousse dîner à bord. Soupe de rossignols, canetons à la russe, et bien entendu, poire à la fine…

Deux thés sans couleur.

À peine dans la baie, il a fallu que je rende. Serge.

Vraiment, ce Gandhi abuse du blanc.

Visite à Gondar, elle est moulue.

Je rapporte un beau canari des Pouilles. Serge.

Et moi, une belle nichée de pinsons.Kate.

De la cime, Kate caressait le poney.

Il m'esquinte, ce maquis, avec ses crêtes de rocs. Kate.

Serons Marseille dimanche. Trouverez car au dock six.

Laissez repas au chaud. Serge.

Tempête. Kate apeurée, verte, et gesticule méconnaissable. Je gémis sans pouvoir lutter.

Serge.